Préliminaires

Du même auteur

Pièces de théâtre

À cœurs ouverts, Alban et Ève, Amour propre et argent sale, Apéro tragique à Beaucon-les-deux-Châteaux, Au bout du rouleau, Avis de passage, Bed & Breakfast, Bienvenue à bord, Le Bistrot du Hasard, Des beaux-parents presque parfaits, Le Bocal, Brèves de trottoirs, Brèves du temps perdu, Bureaux et dépendances, Café des sports, Cartes sur table, Comme un poisson dans l'air, Le Comptoir, Crash Zone, Crise et châtiment, Le Coucou, Les Copains d'avant... et leurs copines, Coup de foudre à Casteljarnac, De toutes les couleurs, Dessous de table, Diagnostic réservé, Drôles d'histoires, Du pastaga dans le champagne, Échecs aux Rois, Elle et lui, monologue interactif, Erreur des pompes funèbres en votre faveur, L'Étoffe des Merveilles (adaptation), Euro Star, Flagrant délire, Gay friendly, Le Gendre idéal, Happy Dogs, Happy Hour, Héritages à tous les étages, Hors-jeux interdits, Il était une fois dans le web, Le Joker, Juste un instant avant la fin du monde, La Maison de nos rêves, Méli-mélodrames, Même pas mort, Ménage à trois, Minute papillon, Miracle au couvent de Sainte Marie-Jeanne, Mortelle Saint-Sylvestre, Morts de rire, Les Naufragés du Costa Mucho, Nos pires amis, Photo de famille, Piège à cons, Plagiat, Le Pire Village de de France, Le plus beau village de France, Préhistoires grotesques, Primeurs, Quarantaine, Quatre étoiles, Réveillon au poste, Revers de décors, Sans fleur ni couronne, Sens interdit – sans interdit, Spécial dédicace, Strip Poker, Les Touristes, Trous de mémoire, Un boulevard sans issue, Un bref instant d'éternité, Un cercueil pour deux, Un os dans les dahlias, Un petit meurtre sans conséquence, Une soirée d'enfer, Un mariage sur deux, Vendredi 13, Y a-t-il un pilote dans la salle ?

Essai

Écrire une comédie pour le théâtre

JEAN-PIERRE MARTINEZ

Préliminaires

La Comédi@thèque
comediatheque.net

Personnages

Elle
Lui

ISBN 978-2-37705-492-3

Scène 1

Un homme et une femme sont assis dans un café, chacun à une table. Entre eux, un peu en retrait, une troisième table inoccupée, avec quelques journaux. L'homme et la femme ont tous les deux devant eux un carnet, et ils griffonnent quelques notes de temps en temps. Chacun évite de croiser le regard de l'autre, mais lance parfois à la dérobée un coup d'œil dans sa direction. L'homme se lève et s'adresse au public, tandis que la femme reste assise sans changer d'attitude et en l'ignorant.

Lui – Vous voyez cette femme, assise à cette table ? Elle est là tous les matins. Elle arrive un peu avant moi, ou un peu après. Vers huit heures. Elle commande un café. Elle reste environ trois quarts d'heure. Toujours seule. Elle a l'air perdue dans ses pensées. De temps à autre, elle note quelque chose sur son carnet. Quoi ? Je ne sais pas. Cette femme est un mystère. Chaque femme est un mystère, avant qu'on ne lui adresse la parole et qu'elle nous réponde, si elle consent. Un mystère, et donc une promesse. La promesse d'un voyage. D'une aventure. Un saut dans l'inconnu. Le grand frisson de cette exaltante mais périlleuse rencontre avec l'autre... Bien sûr, je pourrais me lever et aller lui parler. Mais à vrai dire, ce n'est pas seulement la timidité qui me retient. La peur de me faire rembarrer. On peut toujours trouver un prétexte pour aborder une inconnue, sans se risquer d'entrée sur le terrain glissant de la drague ordinaire...

Il sort un objet minuscule de sa poche, s'approche d'elle et lui montre quelque chose dans la paume de sa main.

Lui – Excusez-moi, mademoiselle... ou madame peut-être ? J'ai trouvé une boucle d'oreille hier matin, sous cette table que vous occupez généralement. Je me demandais si vous pourriez l'avoir perdue...?

Elle lui lance un regard offusqué, jette un rapide coup d'œil à la boucle, secoue légèrement la tête avec un air dédaigneux, et replonge dans son carnet. Il s'adresse à nouveau aux spectateurs.

Lui – Au pire, elle me répondrait poliment qu'elle n'a rien perdu de ce genre, et ça s'arrêterait là. Je saurais à quoi m'en tenir et je conserverais ma dignité. Au mieux, si je ne lui suis pas complètement indifférent, elle en profiterait pour saisir la perche que je lui tends et engager la conversation.

Il se tourne à nouveau vers elle, la paume ouverte. Elle prend la boucle et l'examine, avant de lui rendre avec un grand sourire.

Elle – Non... Malheureusement, ce n'est pas à moi. Dommage, c'est très joli... Si jamais vous retrouvez la deuxième... Mais je vous en prie, asseyez-vous... On se croise tous les jours, et on n'a encore jamais eu l'occasion de se parler...

Il s'éloigne et se tourne à nouveau vers les spectateurs, tandis qu'elle se replonge dans son carnet en l'ignorant à nouveau.

Lui – Non, ce qui me retient de l'aborder, ce n'est pas la peur de prendre une veste, une tôle ou un vent... Échec de la connexion, comme on dit aujourd'hui. Non, ce serait plutôt... la crainte d'être déçu. Bon, je suis sûr que la conversation de cette charmante jeune femme est absolument passionnante mais... quand je saurai exactement qui elle est, comment elle s'appelle, ce qu'elle fait dans la vie, si elle est mariée ou pas, et surtout ce qu'elle peut bien écrire dans son petit carnet... Eh bien voilà... Tout d'un coup, ce ne sera plus la mystérieuse inconnue du café, objet de tous les fantasmes et porteuse de toutes les promesses. Ce sera Louise, professeur des écoles, divorcée et mère d'un petit garçon de trois ans, rédigeant des appréciations pour son prochain conseil de classe... Ou bien Justine, comédienne, célibataire, notant les idées qui lui viennent pour le seule en scène qu'elle rêve d'écrire depuis des années, et qui la rendrait enfin célèbre. Ou encore Marina, Roumaine, récemment arrivée en France pour épouser un vieux pharmacien, et qui pour tromper son ennui faute encore d'oser tromper son mari, couche sur le papier la liste de ses envies, avant de choisir avec qui coucher pour les satisfaire. Oui. Pour l'instant, elle est toutes ces femmes, et bien d'autres encore. Elle est toutes les femmes. Mais quand nous nous serons présentés, elle ne sera plus qu'une seule femme, qui me fera déjà regretter toutes celles qu'elle ne sera jamais.

Il prend un journal sur la table du milieu, va se rasseoir, et commence à le feuilleter. Elle lui jette un regard à la dérobée, se lève à son tour et s'adresse au public.

Elle – Je me demande qui ça peut bien être, ce type... Je vois bien qu'il me regarde par en dessous, quand il croit que je ne le vois pas. Ça doit être un timide. On se croise tous les jours ici depuis des mois, et il n'a encore jamais osé m'adresser la parole. À moins que je ne l'intéresse pas, tout simplement... Je ne suis pas assez bien pour lui, c'est ça. Pour qui il se prend ? Il n'est pas sexy à ce point-là, non plus. Et s'il avait des choses plus importantes à faire dans la vie, il ne passerait sûrement pas autant de temps dans ce bistrot tous les matins. Qu'est-ce qu'il regarde dans ce journal ? Son horoscope ? Les offres d'emplois ? Oui, il semble plutôt désœuvré. Il est peut-être au chômage... Désœuvré mais pas franchement désespéré. Toujours un vague sourire ironique au coin des lèvres. Un petit air supérieur. Genre... je ne dis rien mais je n'en pense pas moins. Je ne sais pas ce qu'il peut bien noter dans son carnet avec cette mine inspirée. Ses pensées les plus profondes, sans doute... Je serais curieuse de voir ça... Tout à l'heure, j'ai cru qu'il allait se lever et me dire quelque chose. Mais non, il s'est encore dégonflé. Ou alors il est écrivain. Il prend des notes pour son prochain roman. Peut-être que son héroïne me ressemblera un peu. C'est ça. Il préfère que notre histoire reste virtuelle. Je ne sais pas ce qu'il peut bien s'imaginer en me regardant...

Elle sort un miroir de poche de son sac et se regarde un instant.

Elle – Si je me croisais dans un café, qu'est-ce que j'imaginerais ? *(Elle range son miroir)* Je ne sais pas... Est-ce que j'ai vraiment l'air de ce que je suis ? Est-ce que j'aurais la moindre chance de passer pour quelqu'un d'autre ? Tiens, s'il m'aborde, j'ai bien envie de lui mentir. De m'inventer une autre vie. Juste pour voir si je pourrais faire illusion. C'est vrai, quand un inconnu vous aborde, par définition, vous ne savez rien de lui. Il peut être n'importe qui, et vous raconter n'importe quoi. Mais lui non plus ne sait rien de vous. Pendant quelques instant au moins, avant d'être honteusement démasquée, vous avez la liberté de choisir qui vous serez ce jour-là. Avec le fol espoir de devenir peu à peu qui vous avez décidé d'être. Une autre vie... Oui, mais laquelle ? Pour que ça marche, il faudrait que je travaille mon personnage. Que je m'invente un prénom. Un métier. Un âge aussi. Je me rajeunirais bien un peu, tant qu'à faire. Pas trop quand même, il faut que ça reste crédible, mais juste pour le plaisir. Deux ou trois ans. Allez cinq, ça peut encore passer. Et si je prenais un accent étranger ? Non, ça va être trop difficile à tenir sur la durée. Et puis je peux très bien être étrangère et parler parfaitement le français. Bon, mais pour que je puisse donner vie à cette nouvelle existence, il faudrait d'abord qu'il se décide à m'adresser la parole. Et si je lui souriais ? Ça pourrait l'encourager. En même temps, je ne me vois pas le regarder droit dans les yeux en souriant bêtement. Pour qui il va me prendre ? Ou alors, c'est moi qui l'aborde. Je peux toujours trouver un prétexte. Je ne sais pas, moi...

Elle ôte discrètement ses boucles d'oreille, en met une dans son sac, et garde l'autre dans sa paume. Puis elle regarde un peu sous la table, comme si elle cherchait quelque chose. Enfin elle se lève et se dirige vers lui. Il pose son journal et la regarde approcher, un peu interloqué.

Elle – Excusez-moi, hier, j'ai perdu une boucle d'oreille comme celle-ci. J'y tenais beaucoup. C'était un cadeau de... Enfin, j'y tenais beaucoup. Vous ne l'auriez pas trouvée, par hasard.

Lui – Une boucle d'oreille...? Je... Non, je n'ai rien trouvé... Je suis vraiment désolé, mais...

Elle – Mais ?

Lui – Non, non, rien, je... Non, je n'ai rien vu.

Elle – Bon, merci.

Elle retourne s'asseoir et s'adresse au public.

Elle – Vous imaginez un peu si je me fends d'une entrée en matière comme ça, et qu'il me répond avec un air aussi niais... Écrivain, tu parles... Non, franchement, je préfère ne pas prendre le risque d'une banale rencontre, et conserver encore un peu mes illusions. Bon, en même temps, il n'est peut-être pas aussi con qu'il en a l'air. Il faut dire que je l'ai pris par surprise. Les hommes sont tellement habitués à ce que ce soit eux qui fassent le premier pas... Quand c'est nous qui prenons l'initiative, ça les panique. Ils sont tétanisés... Non mais vous avez vu ça ? Dès que j'ai posé mes yeux sur lui... On aurait dit un lapin pris dans les phares d'une voiture, et qui se voit déjà passer à la casserole une fois rentré à la maison. Le pauvre.. Je lui ai fait peur, c'est ça. J'espère que je ne l'ai pas traumatisé, au moins... Il faut dire que cette histoire de boucles d'oreille... c'est un peu tiré par les cheveux. J'essayerai de trouver quelque chose de mieux pour demain...

Elle se remet à griffonner dans son carnet. Il se replonge dans son journal.

Noir

Scène 2

C'est elle qui lit le journal, et lui qui griffonne dans son carnet. Il s'arrête et la regarde un instant. Puis il s'adresse à nouveau au public.

Lui – Chaque jour je me dis que cette fois, il faut absolument que je lui parle. Et puis voilà. Je remets ça au lendemain. Je fais durer le plaisir. L'amour platonique, c'est bien, mais être amoureux d'une inconnue, c'est encore mieux, non ? C'est en tout cas la certitude de ne jamais être déçu. Le problème, avec l'amour, c'est qu'on projette le plus souvent sur l'autre une image qui n'est pas la sienne. Et on lui reproche ensuite de ne pas correspondre à cet idéal. Avec une femme qu'on ne connaît pas, au moins, on peut continuer à rêver. À prendre les réalités pour ses désirs. Oui, décidément, la femme idéale c'est celle qu'on ne connaît pas encore. Je la vois tous les matins faire son entrée dans ce café. Ou bien elle est déjà là, si je suis un peu en retard. Ça dure une petite heure, et puis elle s'en va. Elle n'a pas d'autre existence pour moi en dehors de cet ici et maintenant. Un peu comme au théâtre. C'est moi qui choisis le rôle qu'elle jouera ce jour-là, en fonction mon humeur du moment. Et quand elle quitte la scène, après avoir incarné à chaque fois un personnage différent, elle retourne au néant. N'importe quel comédien est plus petit que le plus petit des personnages qu'il aura à interpréter. Le costume est toujours trop grand, et la scène est le seul endroit où ça ne se voit pas trop. Alors j'attends... Je recule sans arrêt le moment de rompre le charme, en faisant connaissance. Oui... mais si demain elle n'était pas là ? Ni après-demain ? Et si elle ne remettait plus les pieds dans ce café ? Après avoir été toutes les femmes, elle n'en serait à jamais plus aucune. Juste un vague souvenir qui peu à peu s'estomperait. Vous connaissez cette merveilleuse chanson de Georges Brassens, « Les Passantes »... Toutes ces belles passantes, que l'on n'a pas su retenir. Non, je ne laisserai pas passer celle-là. Tant pis, je me lance. Sans filet. Je monte moi aussi sur la scène, sauf que je n'ai appris aucun texte. Je ne sais pas du tout ce que je vais lui dire. Comme ça au moins, ça aura l'air plus naturel. Plus sincère. Ma maladresse pourra jouer en ma faveur. Non parce que cette histoire de boucles d'oreille... Il vaut mieux improviser. De toute façon, quoi que je lui dise, si je ne l'intéresse pas, elle saura bien me le faire comprendre. Et si je l'intéresse aussi.

Il se dirige vers elle. Elle lève les yeux en le voyant s'approcher mais son visage reste impassible.

Lui – Excusez-moi, je...

Elle – Oui...?

Lui – Je vous vois tous les jours assise là en face de moi et je me disais que...

Elle – Quoi...?

Lui – Enfin, nous pourrions peut-être... faire connaissance.

Elle – Faire connaissance ?

Lui – Je suis désolé, je vois bien que je vous dérange. C'était vraiment idiot de ma part. Excusez-moi, je vous laisse tranquille...

Elle *(fermement)* – Asseyez-vous.

Lui – Oui.

Il s'assied.

Elle – Je m'appelle Virginie, et vous ?

Lui – Euh... Paul.

Elle – D'accord... Paul et Virginie, alors.

Lui – Euh... Oui...

Elle – Et qu'est-ce que vous faites, dans la vie, Paul ?

Lui – Je suis... écrivain.

Elle – Ah oui ?

Lui – Ça vous étonne ?

Elle – C'est précisément ce que j'avais imaginé. C'est ça qui m'étonne.

Lui – Donc, vous aviez déjà imaginé quelque chose...

Elle – Ne vous emballez pas trop quand même...

Lui – J'ai tellement l'air d'un écrivain ?

Elle – Je ne sais pas. Peut-être. Et comme je vous vois toujours écrire des choses dans ce petit carnet.

Lui – D'accord, mais... vous aussi, vous prenez des notes dans un carnet. Ne me dites pas que vous êtes écrivain vous aussi ?

Elle – Eh bien si !

Lui – Vraiment ?

Elle – Pourquoi pas ?

Lui – Bien sûr... Roman ?

Elle – Théâtre, plutôt, et vous ?

Lui – Nouvelles.

Elle – Je vois...

Lui – Je sais ce que vous pensez.

Elle – Quoi ?

Lui – Il écrit des nouvelles, parce qu'il n'est pas capable d'écrire un roman tout entier.

Elle – Pas du tout ! Et puis vous pourriez dire la même chose de moi.

Lui – Ah oui ?

Elle – Elle écrit des pièces de théâtre, parce qu'elle est incapable d'écrire un roman.

Lui – C'est vrai...

Elle – D'ailleurs, je n'écris pas vraiment des pièces.

Lui – Ah non ?

Elle – Plutôt des sketchs.

Lui – Les sketchs sont au théâtre ce que la nouvelle est au roman.

Elle – Oui... Un sous-genre... *(Un temps)* Vous êtes vraiment écrivain ?

Lui – Peut-être pas. Et vous ?

Elle – Non plus.

Lui – Alors vous m'avez menti.

Elle – C'est vous qui avez commencé, non ?

Lui – Oui... mais vous ne le saviez pas.

Elle – Pourquoi écrivain ?

Lui – Je ne sais pas... J'avais peur de vous décevoir, j'imagine.

Elle – On ne se connaît pas encore et vous avez déjà peur de me décevoir. Je crois que vous manquez un peu de confiance en vous, Paul.

Lui – Ou alors c'est que j'ai tendance à surestimer un peu les gens que je ne connais pas.

Elle – C'est gentil pour moi...

Lui – Excusez-moi, ce n'est pas du tout ce que je voulais dire... Enfin... pas exactement.

Elle – Et qu'est-ce que vous faites de tellement honteux dans la vie pour éprouver le besoin de vous inventer un autre métier ? Vous êtes commercial chez Bouygues Telecom ?

Lui – Non.

Elle – Vous faites du télémarketing ?

Lui – Non plus.

Elle – Vous travaillez à l'URSSAF ?

Lui – Quand même pas.

Elle – Mais vous n'êtes pas vraiment fier de ce que vous faites.

Lui – Non. Et vous ?

Elle – Moi non plus.

Lui – Bon... alors on va peut-être garder notre part de mystère.

Elle – Je crois que c'est préférable.

Lui – Et si on restait sur écrivain ?

Elle – D'accord.

Lui – Tant qu'à faire, j'écrirais des romans de six cents pages, et vous des pièces de théâtre de plus de trois heures, sans entracte.

Elle – Quitte à mentir, pourquoi commencer par se rabaisser...

Un temps.

Lui – Donc je suis romancier.

Elle – Et moi dramaturge.

Lui – Et vous êtes mariée ?

Elle – Là ce n'est pas comme la profession, c'est une question fermée, comme on dit dans les instituts de sondage. On est mariée ou on ne l'est pas.

Lui – On peut toujours mentir sur la réponse...

Elle – Oui... mais ça ne laisse guère de place à l'imagination.

Lui – Tout de même... Un adultère, c'est toujours plus romanesque.

Elle – C'est vrai.

Lui – D'ailleurs, la réponse n'est pas forcément binaire... Vous pourriez aussi être divorcée. Ou veuve...

Elle – Veuve...

Lui – Pourquoi pas ?

Elle – Oui...

Lui – Vous êtes veuve ?

Elle – Je suis veuve.

Lui – J'en suis vraiment désolé.

Elle – Vous ne pouviez pas savoir. Et puis ce n'est pas de votre faute, non ? Ce n'est pas vous qui avez assassiné mon mari.

Lui – Ah parce qu'il a été assassiné ?

Elle – J'ai dit ça ?

Lui – Vous avez dit : ce n'est pas vous qui l'avez assassiné.

Elle – Je voulais seulement dire que vous n'étiez pas responsable de sa disparition.

Lui – Donc votre mari n'est pas mort assassiné.

Elle – Non, il est mort d'une façon beaucoup plus banale. Presque bêtement, si j'ose dire...

Lui – Mourir, c'est toujours un peu con.

Elle – Ah oui, mais là...

Lui – Je ne voudrais pas être indiscret, mais je dois dire que vous avez un peu excité ma curiosité.

Elle – C'était pendant notre voyage de noces aux Seychelles.

Lui – Vous avez raison, ça commence d'une façon très banale. Un peu comme un roman à l'eau de rose. J'espère que ça va s'arranger après...

Elle – Je peux continuer ?

Lui – Je vous en prie...

Elle – Nous avions passé l'après-midi sur une plage paradisiaque, il faisait un soleil magnifique. Nous nous apprêtions à rentrer à l'hôtel quand soudain, le temps a tourné à l'orage... Jean-Louis...

Lui – Il s'appelait Jean-Louis ?

Elle – Oui, pourquoi ?

Lui – Non, non, pour rien...

Elle – Vous auriez préféré qu'il s'appelle autrement ? Steven, peut-être ? Ou Kevin ?

Lui – Jean-Louis, c'est très bien. Donc, le temps a tourné à l'orage...

Elle – Le vent s'est mis à souffler très fort. Jean-Louis a empoigné le manche du parasol, que la tempête était sur le point d'emporter et c'est à ce moment précis que...

Elle marque une certaine hésitation, comme submergée par l'émotion.

Lui – Oui ?

Elle – Un éclair de feu s'est abattu sur lui...

Lui – Non ? Une attaque extra-terrestre...

Elle – Je vous ai dit qu'il s'agissait d'une mort on ne peut plus banale.

Lui – Ah oui, pardon... J'ai toujours tendance à...

Elle – La foudre, tout simplement. Le parasol a attiré cet éclair, comme un paratonnerre. Jean-Louis a été foudroyé. Il est mort sur le coup...

Lui – Ah merde.

Elle – Finalement, je ne serais restée mariée que pendant une semaine...

Lui – Si c'était un roman à l'eau de rose, on aurait pu l'intituler « Coup de Foudre aux Seychelles »...

Elle – Mais les romans à l'eau de rose se terminent toujours bien... Moi je ne me suis jamais remise de la disparition de Jean-Louis...

Elle semble au bord des larmes. Il semble hésiter.

Lui – Mais... c'est vrai ?

Elle redevient brusquement impassible.

Elle – À votre avis ?

Lui – Je ne sais pas... C'est tellement...

Elle – Con ? Je vous l'avais dit, c'était une mort stupide.

Lui – Enfin, le principal, c'est que maintenant, vous êtes libre.

Elle – Et vous ?

Lui – Moi ?

Elle – Vous êtes libre ?

Lui – Oui... Enfin... je suis marié, mais je suis libre.

Elle – Là c'est vous qui m'intriguez...

Lui – C'est très simple, vous allez voir.

Elle – Je vous écoute.

Lui – Eh bien voilà... Moi je suis libre, mais c'est ma femme qui ne l'est pas.

Elle – Votre femme n'est pas libre.

Lui – Elle est en prison.

Elle – D'accord...

Lui – Donc elle n'est pas libre, mais moi...

Elle – Oui, j'avais compris, mais... elle est en prison pour combien de temps ?

Lui – Si tout va bien, dix ans.

Elle – Si tout va bien ?

Lui – Avec les réductions de peine... Pour bonne conduite.

Elle – Je ne voudrais pas être indiscrète non plus, mais... qu'est-ce qu'elle a fait pour qu'on la mette en prison ?

Lui – Tentative d'homicide.

Elle – Je vois...

Lui – Elle a essayé de me tuer.

Elle – D'accord...

Lui – Heureusement pour elle... et accessoirement pour moi, j'ai survécu.

Elle – Et elle s'y est pris comment... pour essayer de vous tuer ?

Lui – Oh de façon très banale... Avec un revolver.

Elle – Et donc, elle vous a raté.

Lui – Ce n'est pas exactement comme ça que ça s'est passé.

Elle – Racontez-moi ça...

Lui – Je me méfiais déjà un peu... J'ai fouillé dans ses affaires, et j'ai trouvé le revolver qu'elle cachait dans son sac à main.

Elle – Et vous le lui avez pris.

Lui – Non.

Elle – Et pourquoi ça ?

Lui – Là ce serait elle qui se serait méfiée. Et elle aurait pu utiliser un autre moyen pour me tuer, comme... Je ne sais pas, moi, le poison.

Elle – Oui, le poison, c'est beaucoup plus féminin.

Lui – Donc, pour ne pas éveiller ses soupçons, j'ai préféré remplacer les balles qui étaient dans le revolver par des balles à blanc. Comme ça, je gardais le contrôle de la situation, sans éveiller ses soupçons...

Elle – Très astucieux...

Lui – Oui... Sauf que... je ne sais pas comment je me suis débrouillé. J'ai dû me mélanger un peu les crayons...

Elle – Pour un écrivain, se mélanger les crayons...

Lui – J'ai bien remplacé les cinq premières balles, mais la sixième...

Elle – La sixième ?

Lui – Je l'ai prise dans l'épaule.

Elle – Ah mince...

Lui – Elle n'était pas non plus supposée vider tout le chargeur sur moi... Enfin, j'ai eu de la chance...

Elle – Vous appelez ça de la chance...?

Lui – Une balle dans l'épaule, c'est quand même mieux qu'une balle en plein cœur...

Elle – Les femmes sont souvent très maladroites avec les armes à feu. C'est pour ça que le poison... Mais si je peux me permettre, qu'est-ce que vous aviez bien pu faire à cette pauvre femme pour qu'elle ait envie de vider sur vous un chargeur complet ?

Lui – Là aussi, c'est une histoire très banale... Un peu comme la vôtre...

Elle – Ah non, ne soyez pas trop modeste... J'avoue que je suis largement surclassée... Et donc ?

Lui – Je la trompais, tout simplement.

Elle – Vous la trompiez... Et avec qui ?

Lui – Une inconnue rencontrée dans un café... Ce café-ci, d'ailleurs. Tiens c'est curieux, elle s'asseyait toujours à cette même place, que vous occupez en ce moment.

Elle – Mais pas à la même heure, j'imagine.

Lui – Non, elle, c'était plutôt en fin d'après-midi. Vers les cinq ou six heures...

Elle – Et quand elle va sortir de prison...

Lui – Ma femme ?

Elle – Oui, votre femme.

Lui – Eh bien... J'espère qu'elle m'aura pardonné mon infidélité. Comme moi je lui pardonne d'avoir essayé de me tuer.

Elle – Et donc tant qu'elle reste enfermée, vous êtes libre...

Lui – Voilà.

Elle – Après tout, pourquoi pas ? Ça nous laisse quand même une dizaine d'années...

Lui – Peut-être même un peu plus... Si elle n'a pas une conduite exemplaire...

Un temps.

Elle – Et vous dites que vous n'êtes pas écrivain.

Lui – Allez savoir... J'ai forcément menti. Quand j'ai dit que je l'étais, ou quand j'ai laissé entendre que je pourrais ne pas l'être. Qu'est-ce que vous en pensez ?

Elle – Je pense que si vous n'êtes pas écrivain, vous devriez songer à le devenir...

Lui – Merci. Et vous ?

Elle – Moi ?

Lui – Vous êtes vraiment auteur de théâtre ?

Elle regarde sa montre.

Elle – Je suis désolée, il va falloir que je vous laisse.

Lui – Bien sûr. C'est l'heure à laquelle vous partez, en général.

Elle – Oui...

Lui – Pour allez où ? Mystère...

Elle se lève.

Elle – Alors à demain... peut-être.

Lui – Peut-être...

Elle – Tant que vous aurez une belle histoire à me raconter, je ne manquerai jamais un de nos rendez-vous.

Lui – Ça me rappelle une autre histoire...

Elle – La nôtre pourrait s'appeler les mille et une matinées.

Lui – Mais je ne me voyais pas dans le rôle de Shéhérazade...

Elle – Si vous préférez être sultan, on inversera les rôles de temps en temps.

Lui – Bon... il va nous falloir beaucoup d'imagination, alors.

Elle – Je suis sûre que vous avez encore beaucoup d'autres histoires dans votre petit carnet.

Lui – Et vous dans le vôtre.

Elle sort. Il la regarde partir. Puis il se tourne vers le public.

Lui – Vous m'excusez, mais... il faut que je m'y remette.

Il se rassied, réfléchit, et se met à griffonner quelque chose dans son carnet.

Noir

Scène 3

Il est toujours assis à sa table, occupé à prendre des notes sur son carnet. Elle arrive.

Elle – Paul ?

Il relève la tête, la reconnaît et sourit.

Lui – Bonjour !

Elle sort un pistolet de son sac et le braque sur lui. Le sourire de l'homme se fige.

Elle – Tu croyais pouvoir t'en sortir comme ça ?

Lui – Mais qu'est-ce que...?

Elle – C'est avec elle que tu avais rendez-vous ?

Lui – Elle ?

Elle – Virginie, c'est bien ça ?

Lui – Mais pas du tout ! Je ne connais aucune Virginie, je t'assure...

Elle – Bien sûr... Mais cette fois, tu ne t'en tireras pas avec une simple balle dans l'épaule, je te le garantis.

Lui – Je t'en prie, ma chérie, ne fais pas de bêtises !

Elle – Celui-là est chargé, crois-moi, et pas avec des balles à blanc !

Lui – Mais enfin... Tu en avais pris pour dix ans ! Ils t'ont déjà relâchée ?

Elle – Je me suis évadée.

Lui – Évadée ? Comment ?

Elle – J'ai sculpté un revolver avec de la mie de pain, que j'ai fait sécher et que j'ai enduite de cirage.

Lui – Un revolver avec de la mie de pain ?

Elle – Parfaitement.

Lui – Et... c'est celui-là ?

Elle hésite un instant.

Elle – Oui...

Elle baisse son arme, la pose sur la table et s'assied. Il prend l'arme et l'examine.

Lui – Bravo, c'est bien imité...

Elle – J'ai pris un gardien en otage, ils n'y ont vu que du feu... Elle est où ?

Lui – Qui ?

Elle – Ne te fiche pas de moi ! Cette garce, avec qui tu me trompes...

Lui – Je ne sais pas... Aujourd'hui, elle n'est pas venue...

Elle – Elle devait se douter de quelque chose.

Lui – Oui, peut-être...

Elle – Dommage, j'aurais pu vous tuer tous les deux d'un coup.

Lui – Avec un pistolet en mie de pain ?

Elle – Mais qu'est-ce qu'elle a de plus que moi ? Au moins, dis-le moi...

Lui – Je ne la connais pas.

Elle – Quoi ?

Lui – Ce qu'elle a de plus que toi, c'est qu'elle, je ne la connais pas.

Elle – C'est ta maîtresse, mais tu ne la connais pas ?

Lui – On se retrouve ici tous les jours. À chaque fois, elle me donne un nom différent. Elle s'invente un personnage. Il lui est même arrivé de se faire passer pour toi...

Elle – Mais tu la baises, quand même ?

Lui – La baiser, comme tu dis... ce serait déjà la connaître un peu trop.

Elle – N'essaie pas de m'embrouiller. C'est ta maîtresse, ou pas ?

Lui – Je ne sais pas... Oui, je suppose... On peut dire ça comme ça.

Elle – Mon pauvre Paul... Pourquoi te fatiguer à inventer des histoires pareilles ? Alors que tout ça est d'une telle banalité...

Lui – Tu as raison... On a beau se creuser la tête... Même quand on ment, tout ce qu'on dit est toujours tellement en dessous de ce qu'on voudrait pouvoir exprimer. La parole est toujours décevante, c'est pour ça qu'en règle générale, on ferait mieux de ne parler à personne.

Elle – Je ne comprends rien à ce que tu dis... Tu m'inquiètes, Paul. Je me demande si ce n'est pas toi qu'on devrait enfermer.

Lui – Oui, peut-être...

Elle se lève.

Elle – En tout cas si tu la vois, tu lui diras que je la cherche. Et que même si mon revolver est en mie de pain, cette fois il est chargé avec de vraies balles.

Lui – Où vas-tu ?

Elle – Je te rappelle que je suis en cavale. Je ne peux pas rester ici.

Lui – Je peux faire quelque chose ?

Elle – Tu as un peu d'argent sur toi ?

Lui – Oui...

Elle – Donne.

Il fouille dans ses poches et lui tend quelques billets.

Lui – C'est tout ce que j'ai...

Elle – Ne t'inquiète pas, je te les rendrai.

Lui – Ce n'est pas pour mon argent que je m'inquiète... On se reverra ?

Elle – Va savoir... Dans dix ans, peut-être... Ou un peu plus, parce que là, la remise de peine pour bonne conduite, ce n'est pas gagné.

Lui – Je viendrai te voir, c'est promis.

Elle – Au parloir ?

Lui – Quand on discute avec quelqu'un, c'est toujours un peu comme au parloir, non ? On parle, on ment, on fait semblant de se comprendre, on fait semblant de se croire, et quand on a fini de parler, chacun retourne dans sa prison intérieure...

Elle – C'est toujours mieux que de partager la même cellule, et de n'avoir qu'une seule personne à qui parler.

Lui – Tu as raison... Finalement, la prison, ça ressemble un peu au mariage.

Elle – Ce n'est pas pour rien si on parle de cellule familiale. Et là c'est souvent perpète. Même en cas de bonne conduite.

Lui – Surtout en cas de bonne conduite.

Elle – Oui... Il arrive que des gens se marient en prison, mais bizarrement, ce n'est jamais avec leur codétenu.

Lui – Dix ans... Profites-en pour écrire un roman...

Elle – Quel genre de roman est-ce qu'on peut bien écrire en prison ?

Lui – Un roman sur la liberté, j'imagine.

Elle – C'est ça, j'y penserai.

Il la regarde partir. Elle sort. Il examine le pistolet sur la table, puis s'adresse au public.

Lui – Je m'en suis plutôt bien sorti, non ?

Noir

Scène 4

Elle est assise à sa table, et griffonne sur son carnet. Il arrive et se dirige vers elle.

Lui – Excusez-moi... Vous êtes bien la femme de Jean-Louis...? Enfin, je veux dire... sa veuve.

Elle lève le regard vers lui.

Elle – Qui êtes-vous ?

Lui – Je ne peux malheureusement pas vous dire mon nom. Sachez seulement que j'étais un collègue de votre mari.

Elle – Mon mari travaillait à la Préfecture, au Service des cartes grises.

Lui – Oui, c'est en effet là où nous étions supposés travailler tous les deux.

Elle – Supposés ?

Lui – C'était une couverture.

Elle – Une couverture ? Alors mon mari...

Lui – Je ne peux rien vous dire de plus précis. Je voulais seulement que vous sachiez que votre mari n'est pas mort aussi bêtement que vous le pensez.

Elle – Ah non ?

Lui – Non.

Elle – En tout cas, c'est très aimable à vous d'essayer de me convaincre du contraire.

Lui – Madame, votre mari est mort pour la France.

Elle – Mon mari est mort foudroyé en tentant de plier un parasol pour éviter qu'il soit emporté par le vent.

Lui – C'est en effet la version officielle.

Elle – Parce qu'il pourrait y avoir une autre version ?

Lui – Jean-Louis a été foudroyé, en effet, mais pas à cause d'un orage.

Elle – Je vous écoute...

Lui – Il a été frappé par un rayon laser depuis un avion de chasse volant à très haute altitude.

Elle – Un avion de chasse ?

Lui – Un avion appartenant à une puissance étrangère.

Elle – Mais enfin... pourquoi une puissance étrangère aurait-elle voulu éliminer mon mari ?

Lui – Parce que c'était un agent spécial, comme moi.

Elle – Un agent secret, vous voulez dire ? Comme James Bond...

Lui – Si vous voulez, oui...

Elle – Moi qui pensais être la veuve d'un petit fonctionnaire sans envergure.

Lui – Croyez-moi, chère Madame, votre mari n'était pas un simple employé du Service des cartes grises. Il est mort en mission, comme un héros, pour défendre son pays.

Elle – Sur une plage, aux Seychelles ?

Lui – La France a des ennemis partout. Même aux Seychelles.

Elle – Et pourquoi venir me dire tout ça maintenant ?

Lui – Pour honorer sa mémoire... et pour soulager un peu votre peine, que je sais immense. Votre mari n'a pas été victime d'un accident stupide. Il est tombé au champ d'honneur. Et s'il n'a pas reçu de décoration à titre posthume... Que dis-je ? S'il n'a pas eu des obsèques nationales, c'est pour préserver son anonymat... et pour vous protéger aussi.

Elle – Vous pensez que je suis en danger ?

Lui – Je ne peux rien vous dire de plus. Mais si cela peut vous rassurer, sachez que vous faites l'objet d'une protection policière permanente, très discrète mais très efficace.

Elle – Ça me rassure beaucoup en effet.

Lui – Je dois vous laisser, maintenant.

Elle – Est-ce que je vous reverrai ?

Lui – Ne vous inquiétez pas. Même si vous ne me voyez pas, je ne serai jamais très loin de vous, prêt à intervenir au moindre danger. Je serai votre ange gardien, en quelque sorte.

Elle – Merci.

Lui – Bonne journée, chère madame.

Il s'éloigne et va s'asseoir à sa table, comme si de rien n'était. Elle l'observe un instant, intriguée, avant de se replonger dans son carnet.

Noir

Scène 5

Il arrive, la cherche du regard, mais ne l'aperçoit pas.

Lui – Et voilà... Elle n'est pas là... Je n'ai pas son numéro de téléphone, et je ne sais même pas comment elle s'appelle vraiment... Pas Virginie, en tout cas. Ni Shéhérazade *(S'adressant au public)* J'imagine qu'ici, personne ne la connaît non plus...? Dans les cafés, il passe tellement de monde. Moi-même, si je devais la décrire, je ne saurais pas trop quoi dire... Elle a de beaux yeux... Un joli sourire... Une façon de marcher bien à elle... De se passer la main dans les cheveux... Et elle laisse dans son sillage un parfum mystérieux... C'est un peu mince pour un portrait-robot. Je ne suis pas sûr qu'un détective privé irait très loin avec ça... Je deviens fou. Qu'est-ce que je raconte ? Je ne vais pas engager un détective pour retrouver une inconnue croisée dans un café... ou aller voir la police pour signaler la disparition inquiétante d'une voisine de table que je ne connais même pas. Et pourquoi pas déclencher le plan alerte-enlèvement, aussi ? Ou alors elle vient à une autre heure... On lui a changé son planning, et elle commence à travailler un peu plus tard. C'est dingue. Comment est-ce que quelqu'un que vous ne connaissez même pas peut vous manquer à ce point ? Alors que la plupart des gens que vous connaissez, quand ils s'absentent pour quelques jours, vous avez l'impression que c'est vous qui partez en vacances. Bon... Si je ne la revois pas, ou si elle ne vient plus qu'une fois de temps en temps, il faudra que je lui trouve une remplaçante. Au moins à temps partiel. Une intermittente, en quelque sorte. Pour ne pas dire une intérimaire. Après tout, elle ou une autre. Puisque de toute façon, je ne la connais pas, je ne devrais pas avoir trop de mal à lui trouver une doublure.

Il balaie la salle du regard, et s'arrête sur une femme, située plutôt dans le fond, pour qu'on ne sache pas exactement à qui il s'adresse.

Lui – Tiens, elle n'est pas si mal, celle-là... On ne peut pas dire qu'elle lui ressemble beaucoup, mais bon... Oui, ça pourrait faire l'affaire... Ça vous dérange, madame, si je fantasme un peu sur vous, de très loin ? Non, mais rassurez-vous... Vous aussi, monsieur... Je ne vous adresserai jamais la parole. J'aurais trop peur que vous ne soyez pas à la hauteur de mes espérances. Et moi des vôtres, d'ailleurs. Non, notre relation restera complètement platonique. Que dis-je ? Totalement virtuelle. Jamais un regard appuyé ou encore moins déplacé. Respect des distances de sécurité. Gestes barrières. Port de la muselière obligatoire.. Vous ne vous rendrez même pas compte que vous avez un admirateur secret. C'est d'accord ? Très bien, alors je vais m'asseoir là-bas, et continuer à vous observer discrètement du coin de l'œil en imaginant des choses... et quand vous ne serez plus là, je penserai à vous de temps en temps.

Il va s'asseoir, et sort son carnet sur lequel il griffonne quelques notes. En lançant de temps à autre un regard plus ou moins appuyé sur la femme.

Noir

Scène 6

Elle arrive et le cherche du regard.

Elle – Je ne suis pas venue hier, pour éviter qu'il ne commence à considérer nos rencontres fortuites, pour régulières qu'elles soient, comme un rendez-vous quotidien. Pour entretenir en lui cette délicieuse et douloureuse sensation de manque et donc de dépendance... Mais aujourd'hui, c'est lui qui n'est pas là... Il doit en avoir assez de cette aventure purement imaginaire. *(Regardant vers le fond de la salle en direction de la femme à qui l'homme s'est adressé précédemment)* Ou bien il en a rencontré une autre, qui dans l'extrême indigence de sa réalité, lui permet au moins de satisfaire ses désirs les plus médiocres. Dommage. Je commençais à m'attacher, mais bon... Est-ce qu'on peut vraiment nouer une relation amoureuse en évitant à tout prix de se connaître ? Même quand on ment, on se livre toujours un peu. Finalement, le personnage qu'on s'invente est encore plus révélateur que celui qu'on est en vérité. Il a sûrement eu peur. Ou alors il est en vacances, tout simplement. Malade, peut-être. Ou même mort. Après tout, il n'a pas de comptes à me rendre. Et moi non plus. Nous sommes un couple libre. On ne se connaît même pas ! Tant pis, je reviendrai demain...

Elle s'apprête à repartir mais aperçoit sur la table qu'il occupe d'habitude un carnet.

Elle – Tiens, il a oublié son carnet. *(Elle semble hésiter)* Qu'est-ce que je fais ? Je le prends ? Et je lui rendrai quand je le verrai. Ou bien je le laisse là, pour qu'il puisse le retrouver lui-même plus facilement ? Je vais le laisser... *(Elle s'apprête à partir)* Mais je pourrais en profiter pour y jeter un coup d'œil... Non, ça ne se fait pas, ce serait très indiscret. C'est peut-être son journal intime, ou quelque chose comme ça... Oui, mais si quelqu'un d'autre le trouve à ma place et l'emporte... *(Elle saisit le carnet)* Je vais quand même le prendre... Il y tient sûrement beaucoup, à son carnet. Mais c'est promis, je résisterai à l'envie de le lire...

Elle s'en va. **Noir**

Scène 7

Elle est assise à sa table habituelle, griffonnant dans son carnet. Il arrive et se dirige vers elle.

Lui – Bonjour... J'ai dû m'absenter pendant quelques jours. J'espère que je ne vous ai pas trop manqué...

Elle feint la surprise.

Elle – Ah oui...? Non mais rassurez-vous, moi non plus, je n'étais pas là...

Lui – En tout cas, je suis content de vous revoir.

Elle – Oui...

Léger embarras.

Lui – Excusez-moi, je vous laisse travailler...

Elle – Non, non, je ne travaille pas... Enfin, si, mais... j'ai du mal à considérer ça comme un travail...

Lui – L'écriture...

Elle – Oui...

Lui – L'inspiration...

Elle – Si on savait où la trouver... on ne perdrait pas autant de temps à la chercher ailleurs.

Lui – L'inspiration, c'est comme la foudre. On ne sait jamais où et quand elle va vous tomber dessus... Pardon, je ne voulais pas raviver des souvenirs douloureux...

Elle – Alors vous êtes en panne d'inspiration ?

Lui – Pour l'instant, c'est plutôt vous qui m'inspirez.

Elle – Vous ne savez rien de moi.

Lui – Justement, je peux tout imaginer. Une inconnue, c'est comme une page blanche.

Elle – Une histoire qui reste à écrire... *(Légèrement embarrassée)* À ce propos... j'ai trouvé ça.

Elle lui tend le carnet.

Lui – Ah oui...

Elle – C'est bien à vous, n'est-ce pas ?

Lui – Vous l'avez ouvert ?

Elle – Non ! Pour qui me prenez-vous ?

Lui – Pardon...

Il prend le carnet.

Elle – Je l'ai ouvert...

Lui – Bien sûr...

Elle – Vous m'en voulez ?

Lui – Comment résister à la tentation ? C'est un peu l'histoire d'Ève et du paradis perdu. On se damnerait pour savoir.

Elle – Et quand on sait, on est toujours un peu déçu.

Lui – On se rend compte qu'en choisissant la connaissance, on a renoncé à ce que l'inconnu pouvait avoir de merveilleux.

Elle – Oui... Mais la pomme, ça peut aussi être un piège.

Lui – Vous seriez donc Blanche-Neige.

Lui – Et si ce carnet, vous l'aviez laissé là à dessein, exprès pour que je le trouve...

Lui – C'est une possibilité...

Elle – Donc, ce qui est écrit dans ce carnet, c'est peut-être encore une illusion. Une invention pour dissimuler votre propre réalité. Si vous en avez une...

Lui – Quoi qu'il en soit, nous ne sommes plus à égalité. Vous savez ce qu'il y a dans mon carnet, je ne sais pas ce qu'il y a dans le vôtre.

Elle – C'est vrai. *(Elle lui tend son carnet)* Tenez...

Il prend le carnet.

Lui – Vous pourriez aussi avoir tout inventé.

Elle – Dans ce cas, nous serions à nouveau à égalité. *Il ouvre le carnet, y jette un coup d'œil, puis la regarde avec un sourire énigmatique.*

Noir

Scène 8

L'homme est assis à sa table. Il écrit dans son carnet. Elle arrive et s'adresse à lui.

Elle – Alors, ce roman, ça avance ?

Lui – C'est presque terminé... Il ne manque plus que le titre...

Elle – C'est parfois le plus difficile à trouver.

Lui – Oui... Un peu comme un prénom pour un enfant.

Elle – Mais le roman que vous avez écrit, vous en connaissez déjà le contenu. Il suffit de trouver un titre qui lui corresponde. Un enfant, on doit choisir son prénom alors qu'on ne le connaît pas encore.

Lui – Au risque de projeter sur lui une image qui ne lui correspondra pas.

Elle – On devrait laisser les enfants choisir leur prénom.

Lui – Oui... Mais à quel âge ?

Elle – Je ne sais pas.

Lui – Ou alors on devrait pouvoir changer de prénom plusieurs fois au cours de sa vie.

Elle – On devrait surtout avoir le droit de changer de vie plusieurs fois dans sa vie... Et ça parle de quoi, ce roman ?

Lui – C'est l'histoire d'un homme qui croise tous les jours une belle inconnue dans un café. Il aimerait bien l'aborder, mais...

Elle – S'il lui adresse la parole, elle perdra tout son mystère, et donc une bonne partie de son charme...

Lui – D'un autre côté... s'il ne va pas vers elle, il passera à côté d'une belle histoire, et il la perdra pour toujours.

Elle – Donc il hésite... Et elle s'appelle comment ? Votre belle inconnue...

Lui – C'est comme pour le titre, je ne lui ai pas encore donné un nom... Et vous, votre pièce de théâtre ?

Elle – C'est encore trop tôt pour en parler...

Lui – Je vois... Vous avez lu le journal ?

Elle – Non, pas encore... Des nouvelles intéressantes ?

Lui – En tant qu'auteur, je m'intéresse surtout aux faits divers... C'est généralement à cette rubrique que l'Humanité révèle ce qu'elle a de pire, et plus rarement de meilleur.

Elle – Les petites histoires sont souvent plus passionnantes que la grande.

Lui – Le journal est au café ce que la Bible est à l'église. D'ailleurs, la Bible est sans doute au départ un assemblage de faits divers qu'on a peu à peu transformés et enjolivés pour en faire des mythes.

Elle – Et donc ? La pêche a été bonne, ce matin ?

Il prend un journal sur la table et lui montre un article.

Lui – Tenez, au hasard... une femme, en prison pour tentative de meurtre sur son mari, s'évade en menaçant ses gardiens avec un pistolet factice...

Elle – Ah oui... Un bon écrivain pourrait en faire un roman.

Lui – Ou une pièce de théâtre.

Elle prend le journal et lui montre un autre article.

Elle – En voilà un autre qui pourrait vous intéresser : le paisible employé du Service des cartes grises était en réalité un agent de la DST.

Lui – La réalité dépasse souvent la fiction.

Elle – Je ne vous distrais pas plus longtemps de votre travail d'écriture... Je ne voudrais pas qu'à cause de moi vos lecteurs soient privés d'un chef-d'œuvre.

Elle va s'asseoir. Ils se mettent tous les deux à écrire dans leurs carnets.

Noir

Scène 9

Elle est assise à sa table. Il arrive et lui tend un livre.

Lui – Tenez, c'est pour vous...

Elle – Qu'est-ce que c'est ?

Lui – Mon premier roman.

Elle prend le livre et regarde la couverture.

Elle – Vous avez fini par trouver le titre.

Lui – Qu'est-ce que vous en pensez ?

Elle – Préliminaires... C'est un titre excitant...

Lui – C'est l'histoire d'une rencontre.

Elle – Toute rencontre est rythmée comme un acte d'amour.

Lui – Il y a les préliminaires, pendant lesquels on imagine et on explore en silence...

Elle – Aussi longtemps que possible.

Lui – Puis vient ce bref instant où on engage enfin la conversation pour pénétrer dans l'intimité de l'autre.

Elle – Suivi par cet interminable moment de plénitude et d'ennui, teinté d'une légère déception qu'on tente de dissimuler par un bavardage insignifiant...

Lui – En attendant qu'avec l'oubli revienne le désir d'explorer l'inconnu.

Elle – Et que cette fois, les préliminaires puissent durer une éternité... Merci pour le livre.

Lui – C'est un peu grâce à vous si je l'ai écrit...

Elle – Ça parle de moi ?

Lui – De vous... De nous...

Elle – Nous ?

Lui – De moi, surtout. Et vous, cette pièce de théâtre, ça avance.

Elle – C'est fini.

Lui – Je pourrais la voir...?

Elle – Je ne crois pas, non.

Lui – Pourquoi ça ?

Elle – Parce que nous venons de la jouer.

Ils se sourient.

Noir

Scène 10

L'homme et la femme sont assis au centre à la même table, sur laquelle sont toujours posés quelques journaux. Ils prennent un café, sans se parler et sans se regarder. Ils prennent chacun un journal et le feuillettent. Il repose le sien en premier et fixe quelqu'un au fond de la salle.

Lui – Tu as remarqué cette fille, là-bas ?

Elle repose son journal et regarde dans la même direction.

Elle – Quelle fille ?

Lui – Elle est toujours là en même temps que nous dans ce café. Exactement à la même heure. Toujours assise à la même table.

Elle – Et alors ?

Lui – Rien... Je me demande qui ça peut bien être...

Elle – Comment ça, qui ça peut bien être...?

Lui – Je ne sais pas... Comment elle s'appelle... Ce qu'elle fait dans la vie...

Elle – Tu n'as qu'à aller lui demander.

Lui – Je ne sais pas ce qu'elle peut bien écrire dans son petit carnet.

Elle – C'est peut être une liste de courses...

Lui – Oui, c'est possible.

Elle – Cotons-tiges, mouchoir jetable, papier toilette, protections périodiques...

Lui – Je pensais à quelque chose de plus romanesque...

Elle – Elle t'intéresse tant que ça ?

Lui – Elle en particulier ? Non... C'est juste de la curiosité. Je regarde les gens. J'essaie d'imaginer leur vie...

Un temps.

Elle – C'est comme ça qu'on s'est rencontrés, tu te souviens ?

Lui – Oui. Quand tu étais encore pour moi une inconnue...

Elle – C'était dans un café.

Lui – Dans ce café.

Elle – J'ai l'impression que c'était hier.

Lui – Tu étais assise à cette table.

Elle – Tu es venu vers moi et tu m'as dit... que tu avais trouvé une boucle d'oreille.

Un temps.

Lui – Je l'ai toujours.

Elle – Quoi ?

Il sort quelque chose de sa poche et lui montre.

Lui – La boucle d'oreille.

Elle – Et tu t'en sers encore de temps en temps ?

Lui – Non...

Elle – Elle est belle.

Lui – Je ne saurai jamais à qui elle appartient. Quelque part sur cette terre, il y a une fille qui se promène avec l'autre. Une fille que je ne rencontrerai jamais. Cette fille-là, peut-être...

Un temps.

Elle – C'était la mienne.

Lui – Pardon ?

Elle – Cette boucle d'oreille, c'était la mienne.

Lui – Je ne te crois pas.

Elle sort de sa poche quelque chose qu'elle lui montre.

Elle – Tiens, j'ai toujours la deuxième sur moi.

Lui – Pourquoi tu ne me l'as pas dit à ce moment-là ?

Elle – Pour que tu puisses continuer à chercher, j'imagine.

Il lui tend la boucle qu'il a dans la main.

Lui – Alors tiens, je te la donne...

Elle – Merci.

Léger embarras.

Lui – Tu ne les mets pas ?

Elle met les deux boucles d'oreille. Il la regarde et sourit.

Lui – Elles ne sont pas... tout à fait pareilles.

Elle – Non, je n'ai jamais réussi à retrouver exactement les mêmes.

Lui – Elles te vont très bien quand même...

Ils se regardent.

Elle – Excusez-moi, mais...

Lui – Oui ?

Elle – On se voit tous les jours dans ce café, et on ne s'est jamais vraiment parlé... On pourrait faire connaissance...

Il lui prend la main.

Lui – Je préfère que vous gardiez encore un peu votre part de mystère.

Leurs lèvres se rapprochent pour un baiser.

Noir

Fin

Novembre 2020

www.ingramcontent.com/pod-product-compliance
Lightning Source LLC
La Vergne TN
LVHW010123170826
845678LV00012B/2576

9782377054923